엘리트 시선 50

내 마음의 수채화

최홍규 시집

엘리트출판사

최홍규 시집

내 마음의 수채화

엘리트출판사

시집(詩集)을 펴내며

언제나 글을 쓰는 마음은 예전이나 지금이나 한결같은 것 같다.

나는 초등학교때부터 글쓰기를 좋아해서 교내 글짓기 대회에도 나가고 고등학교때는 문학 동인회를 결성해서 작품발표회를 가졌었다.
시중에 있는 모 음악감상실에서 나의 자작시를 낭송했는데 당시 초대손님이신 모 유명작가분께서 나의 작품이 너무 좋다고 앞으로 꾸준히 노력하면 좋은 작가가 될 수 있겠다고 열심히 해보라고 하신 말씀이 지금도 생각난다.

글을 쓰고 작품집을 낸다는 게 그리 쉬운일은 아니겠지만 앞으로도 열심히 쓰고 그림도 그려볼 생각이다. 지금도 시간이 나는 대로 내 서재에 앉아서 그때그때 쓰고 싶은 글도 쓰고 그림도 그려보는 게 내 생활의 일부가 된 것이다. 때늦은 감이 없지 않지만 작품집을 만들면서 나를 아는 모든 분에게 인사드리고 싶다.

나의 시작(詩作)에 용기와 희망을 주시고, 한결같은 배려로 이끌어 주신 장현경 문학평론가님께 감사드립니다. 예술적인 편집으로 제 시집의 품격을 더 해주신 마영임 편집장님과 관계자 여러분께도 거듭 감사드립니다.

　나의 첫 시집 출간을 기다리며 열렬한 성원과 힘이 되어준 우리 가족 친지에게 고마운 마음 전합니다. 변함없는 우정으로 고락을 같이하시는 문우님께 감사드리며, 나의 시편들을 만나는 존경하는 독자님께도 건강과 축복이 늘 함께하시기를 기원합니다.
감사합니다.

2022년 6월

솔뫼 최홍규

첫 작품집 출간을 축하하며

마음에 품고 사셨던 문학에 대한 갈망과 애정을 바쁘고 치열했던 지난 삶 속에서도 포기하지 않으신 아버지, 드디어 그 열매를 맺은 이 작품집을 보며 끊임없이 꿈을 찾아 살아오신 아버지의 삶에 존경을 표합니다.

아버지의 작품 속에는 아버지의 삶이 고스란히 담겨있습니다. 모든 대상을 순수하고 호기심 넘치게 바라보는 아이의 눈, 열정적으로 몰입하는 청년의 젊음, 깊은 혜안과 넓은 마음으로 감싸 안은 노년의 넉넉함까지 다양한 관점과 가치들이 반영되어 일생 전반을 돌아보게 되는 마법이 있습니다.

언제나 마음속 꿈을 잃지 않고, 사랑을 녹여낸 작품들을 완성해 나가시는 아버지의 모습은 저희 자식들에게도 큰 귀감이 됩니다.

저희는 지금껏 그래왔듯, 시인이자 화가인 아버지 그리고 그 작품들의 가장 열렬하고 영원한 팬으로 남겠습니다.

지금까지의 삶을 존경하고 앞으로의 삶을 기대하고 응원합니다. 그 길을 50년간 한결같이 옆에서 함께해주신 어머니께도 감사와 사랑의 말씀을 전합니다.
아버지, 어머니 사랑합니다.

- 아들 지호, 며느리 은영 올림

시집 출간을 축하합니다

아빠! 오랫동안 바라오셨던 시집 출간을 결혼 50주년 금혼식을 기념하여 드디어 하실 수 있게 되다니 제가 더 설레고 기대가 됩니다.

학창 시절부터 글 쓰시는 걸 좋아하셔서 학교신문에 글 연재도 하시고, 교내에 전원 문학회를 만들어서 활동하실 정도로 열정이 있으셨지만, 학교 졸업 후에는 사업에 전념하시느라 잠시 잊고 지내시다가 은퇴 후 이렇게 다시 문인으로서 활발히 활동하시고, 글 쓰는 일에 열중하시는 모습이 자식으로서 흐뭇하고 존경스럽습니다.

가끔은 밤에 잠도 못 주무시고 밤새 마감일에 맞추기 위해 글을 쓰시는 모습을 생각하면 혹여 건강이 나빠지실까 봐 우려되기도 하지만, 시간 가는 줄 모르시고 창작에 전념하는 그 과정 또한 아빠의 기쁨이고 보람이라고 하시니 어찌 보면 느지막하게 또 다른 아빠의 소소한 행복을 찾으신 것을 다행이라 여겨야겠다고 생각하기로 했습니다.

아빠가 오랫동안 고대하셨던 첫 시집 발간을 온 마음을 다해 축하드리며 글과 그림을 사랑하시고 늘 함께하시는 아빠의 멋진 인생을 멀리서도 항상 응원하고, 아빠의 소중한 창작품들이 우리 가족뿐만 아니라 그 글을 읽으시는 모든 분에게 가슴 따뜻한 감동과 긴 여운을 가져다주길 기원합니다.

2022년 6월

미국에서　큰딸 보영 올림

할아버지의 첫 시집 출간을 축하드리며

어릴 때 주말이 되면 종종 할아버지 댁에 찾아가곤 했습니다. 함께 아파트 둘레길 산책도 하고 산책의 마지막엔 꼭 놀이터에서 신나게 놀다가 놀이터 맞은편 분식집에서 여름에는 시원한 슬러시를, 겨울에는 따뜻한 떡볶이를 사주셨던 할아버지의 모습이 생각납니다.

실컷 바깥에서 놀다가 들어오면 할아버지가 주신 물감과 색연필로 그림을 그리고 시를 썼던 추억 새록새록 납니다. 어린 마음에 알록달록한 그림은 좋아했지만 따분한 글쓰기는 싫어했었는데, 성년이 된 지금도 글쓰기는 저에게 여전히 어렵기만 한 일입니다.

문학을 사랑하시는 할아버지께서는 제가 잠든 새벽까지도 불이 꺼지지 않은 환한 방에서 동이 틀 때까지 작품 활동을 하시곤 했습니다. 한결같은 모습으로 오랜 시간 동안 문학 활동을 이어오신 할아버지께서 드디어 첫 시집을 출간하신다는 소식을 들었습니다. 할아버지께서 사랑하는 일을 꾸준히 이어오고 당신만의 책을 출간한다는 일이 얼마나 대단한지 가늠이 되질 않습니다.

할아버지의 아름다운 글들이 하나하나 쌓여 한 권의 책으로 세상에 나오기까지 할아버지의 열정과 노력이 정말 대단하시고, 할아버지가 정말 존경스럽습니다.

이 책이 할아버지의 단단하고 묵직한 발돋움이 되어 앞으로도 할아버지께서 더욱 훌륭한 시인이 되리라 믿습니다. 저도 할아버지의 모습을 본받아 멋진 어른으로 성장하도록 노력하며 살겠습니다.

할아버지 항상 건강하시고 오래도록 행복하게 저희 곁에 계시길 바랍니다.

할아버지 사랑합니다.

2022년 6월

외손녀 정아린 씀

목차 ⋯⋯⋯⋯⋯⋯⋯⋯⋯⋯⋯⋯⋯⋯⋯⋯⋯⋯⋯ 최홍규 시집

1
울릉도 연가

2
동트는 새벽하늘

3
독도의 함성(喊聲)

4
포도밭 가는 길

5
꽃보다 아름다운 당신

6
원두막의 추억(수필)

산촌

청명한 가을 하늘
잠자리 떼 날고
계곡 넘어 골짜기에
산 꿩이 우네

문 열고 밖을 보니
가슴은 뛰고

학창 시절
옛 추억이 그립다

회상에 잠겨
오늘도
그리움만 쌓이네.

1
울릉도 연가

울릉 울릉 울릉도!

꾸르륵 갈매기 떼 날고
정열과 낭만이 넘치는
신비의 섬 울릉도

포구 이야기

바닷가 산기슭
포구가 내려다보이는
그림 같은 빨간 집들이
오순도순 자리한
소박하고 아름다운 포구 마을

뱃고동 소리 울리며
춤추는 갈매기 떼 앞세우고
만선의 고깃배가 기쁨을 싣고
포구에 닻을 내리면

힘찬 어부들 콧노래에
아낙들 손길이 바쁘고
조용하고 한가롭던 포구 마을은
온 동네가 잔칫집이다

우리의 사랑과 꿈이 있는
어머니 품 같은 다정한 포구
그곳에는
행복하고 진솔한 삶이 있다
영원한 기도가 있다.

해녀(海女)

갯바위
파도 너머
해녀들 노랫소리
물질하는 소리

오리발 저벅저벅
바다로 나간다

망사리 가득가득
조개 소라 해삼 전복 가득 지고

식구들 활짝 웃는
그 모습 그리며
발걸음도 가볍게 돌아오는 길

어느덧 해가 지고
날이 저무네!

해운대의 밤

아스라이 수평선 넘어
긴긴 파도 소리

수많은 사연을 안고
해운대 백사장에
조용히 밤이 내린다

우렁찬 밤바다
사랑과 미움, 모두 잠재우고
내일을 향한 힘찬 도약

희망과 행복
하늘 가득 안고

아련한
너와 나의 가슴에
조용히
밤이 내린다.

촛대바위

동해의 푸른 물결
가슴에 안고
나 홀로 우뚝 선
촛대바위

높은 기상, 힘찬 도약

하늘 우러러
나도 한번 날고 싶다.
힘차게
힘차게

더 높은 곳을
향하여!

꽃지에는

아스라이 펼쳐진
수평선 넘어

넓고 푸른 바다를 달려
사랑으로 함께한
우뚝 선 두 개의 섬

할배 바위
할매 바위

손에 잡힐 듯 깜박이는 등대를 지나
만선에 고깃배가 바다를 달리고

조개 캐고 바지락 줍는
여인네 손길 다정한

하늘이 주신 행복한 땅
은총이 넘치는 보배로운 땅

영원한 평화가 있습니다
진실한 사랑이 있습니다

아름다운 꽃지에는….

새벽 바다

동트는 새벽 바다
아침을 열면

희망과 꿈을 안고
세상을 달린다

너와 나의
모든 행복

하늘이 주신 깊은 뜻
가슴에 담고

하늘을 여는
새벽 바다

나의 바다.

제부도 연가

넓고 푸른 황혼의 제부도 길
지는 해를 가슴에 안고
바다를 달린다

바위섬 상공을
끼룩끼룩
갈매기 떼 날고

수평선 저 멀리
파도를 가르며
만선의 고깃배가
우리를 손짓하네

어부들 노랫소리
보고 싶은 그 얼굴

오늘도 식구들 생각
어느덧
해가 지고
날이 저무네!

대포항의 추억

동해
푸른 물결

추억과 그리움이 쌓인
맛의 미항
그 이름 대포항

만선의 고깃배를
가슴에 안고

바다 향기 가득한
아름다운 항구

하늘이 주신
영원한 행복

30년 할머니의 농익은 손맛
그 손으로 빚어낸
쫄깃쫄깃
최고의 오징어순대 맛!

불판 위의 가리비
양미리 구이의 포동포동한 그 맛
소주 한 잔
지금도 잊을 수 없구나!

여보게
신선이 따로 있나?
내가 바로 신선일세!

울릉도 연가

울릉 울릉 울릉도!

생각만 해도 다시 찾고 싶은
그 이름 울릉도
등댓불 따라 포구를 가득 메운
만선의 고깃배

꾸르륵 갈매기 떼 날고
정열과 낭만이 넘치는
신비의 섬 울릉도

언제라도 다시 찾고 싶은 은혜로운 천혜의 땅!
우리 조국 따뜻한 엄마 품속 같은
아, 그 이름 울릉도!

그곳에는 우리의 아름다운
사랑이 있습니다
영원한 행복이 있습니다.

바닷가 여정

산굽이 돌고 돌아
푸른 하늘 가슴에 안고
바다를 달린다

멀리 수평선 너머
꿈길 같은 노을이 지고
해 질 녘 바닷가에는
등댓불만 깜빡깜빡

어느덧
해가 지고
날이 저무네.

유람선 승선

그 통쾌감
너무너무 좋아요
사랑하는 당신과 다시 한번
승선해봐야지

바다 위를 펄펄 날아다니는 것과 같은
시원한 통쾌감!
이 세상이 내 세상인 것과 같아
왕이 된 기분

하늘이 주신 이 아름다운 세상
무엇을 더 바라겠는가!
너무 감사하고
즐거운 세상이 아닌가!

주문진 그 바다

넓고 푸른 바다에
고깃배들 힘차게 달리고
넓은 백사장에 남녀노소들
자리 깔고 편히 누워
사색을 즐기고 담소하는 그 모습

언제 찾아도 주문진항은
반갑고 힘차다

활기찬 삶의 현장을
온몸으로 느끼며
언제까지나 주문진항을
사랑하고 싶다

우리 모두의 가슴에 기쁨을 주는
아름다운 바다
주문진 그 바다.

바닷가 여인

맑고 푸른 하늘

넘실대는 파도를 따라
꾸르륵 갈매기 떼 날고
손에 닿을 듯 산마루에 우뚝 솟은
빨간 등댓불을 바라보며

넓은 백사장을 홀로 가는 여인아
기다리고 있을 식구들 생각에
발걸음은 빠르고

즐겁고 기쁜 마음으로 달려가는 길
서산마루 해는 지고 날은 저물어도
더욱 힘을 내어 걷는 발길

오늘도 행복하고 기쁨이 넘치네!

2
동트는 새벽하늘

이른 아침 맑고 밝은 태양이
우리를 반겨주고
나무 위에 앉은 새들은 반갑다고 짹짹
즐겁게 아침에 인사하네

봉평의 하늘

메밀밭 꽃 물결
아스라이 펼쳐진
봉평의 하늘은
온 세상이 백설이다

향기에 취하고
문학에 취해

물레방앗간
허 생원의 사랑도
분이의 순정도
아름다운 순애보

다정한 행복이 있습니다
영원한 사랑이 있습니다.

백운 계곡

푸른 하늘 높은 산
손에 잡힐 듯 흰 구름
가슴에 안고
백운산 골짜기에 누워
하늘을 본다

계곡을 흐르는
다정한 물소리
흰 구름 가는 소리

하늘이 주신
대자연의 신비
생각만 해도 가슴 벅찬
환희의 소야곡

너도 행복
나도 행복
백운 계곡에는
영원한 사랑이 있네
영원한 평화가 있네!

네 가슴에 내리는 비는…

- 새(鳥)에

아침 이슬 영롱한 들길을 지나
너의 꿈이 잠든 숲으로 왔네
네가 깰까 봐 발소리 숨죽여 가만히 왔지만
아! 너는 벌써 알고 나의 품에 안긴다

할 말을 잊었는가
소리 없이 가슴 떨림은 사랑보다 더한 사랑의 이픔으로
안으로 안으로만 나를 울리고

하늘만큼 먼 나라
진실(眞實)한 너의 소망(所望)으로
눈부시게 찬란한 밝은 햇빛이여!
너와 내가 열지 못하는
순결한 애증(愛憎)의 의미(意味)를
눈 뜨게 하소서

괴로운 하늘에 그늘이 지고
통곡(痛哭)보다 더한 피맺힘으로 나의 가슴을 치는
저 산하(山河)의 메아리는
누구의 노래입니까?

별과 달이 되어 흐르는 꿈속에 세월(歲月)이 가고
그토록 황홀(恍惚)하던 너의 날개는 빛을 잃어
허허(虛虛)로운 가슴에 울리는
천사(天使) 같은 기도여, 꿈이여!

지울 수 없는 너의 노래는
백치(白痴) 같은 넋으로
눈물 되어 흐르는가?

새야
네 가슴에 내리는 비는….

영원한 기도

꽃향기 가득한 계절의 여왕
성모성월 5월

깊은 사랑과 감사로
성모님께 봉헌하는
성모 신심 가득한 기도의 달

평생 동정이시고, 원죄 없이
잉태되신, 그 이름 마리아

주님의 모후이시며 사랑이신
영원하신 어머니
성모 마리아님!

힘들고 어려울 때
자비와 은총으로
용기와 희망을 주시고

믿음과 축복으로
새로운 삶을 주시는
하늘 같은 사랑

성모님과 함께하는
큰 기쁨과
행복이 있습니다
영원한 기도가 있습니다.

갈대

호숫가 넓은 들

아스라이 펼쳐진
갈대밭 금물결

푸른 하늘 뭉게구름
가슴에 안고

바람결에 나부끼며
서로 한 몸 되어
춤추는 갈대

저 무성한 갈대 품에 안기어
나도 한번 신나게 춤추고 싶다

볼수록 다정하고
아름다운 갈대

누가 여자의 마음을
갈대라고 했나!

시의 향기를 가슴으로 느끼면서

꽃향기 만발한 5월 하늘
뭉게구름 두둥실 종달새 날고
솔밭길 머리 위로
밝은 햇살이
나를 반기는 즐겁고 기쁜 날

나의 시심을 일깨워주고
다시 펜을 들게 해준
청계문학에 마음을 다하여
진심으로 감사드립니다

문학의 깊은 뜻을 가슴에 안고
애정 어린 감성으로
열심히 노력하겠습니다
더 좋은 작품을 위해.

무궁화 꽃길

고향 하늘
푸른 꽃길을 가면
만개한 무궁화가
나를 반기네

어릴 적 뛰어놀던
개울가 언덕에도
뒷동산 마루에도

탐스러운 무궁화가
군락을 이루고
삼천리 방방곡곡
우리 민족의 혼이 담긴
우리나라 우리 꽃
우리 모두의 얼굴이며 빛

모진 비바람
눈보라가 몰아쳐도
쓰러지지 않는 민족의 꽃
무궁화!

잔인하고 악랄한
그 어떤 외세의 침범에도
조국을 지켜온 반만년
우리 민족의 대역사

영원히 함께할
평화의 상징
우리 꽃 무궁화.

청자골 강진

아름다운 유산
선조들의 숨결이 느껴지는
청자의 나라

강진 하늘은
온 세상이 청잣빛
비단결 같은 맑고 부드러운
청잣빛 감성에서
조상들의 얼을 새기고
기품과 열정을 배운다

청자에 묻혀
오늘을 살고
또 내일을 살면서
삶의 보람을 느끼는
청자골 강진

언제라도 찾고 싶은
고향 같은 정든 땅
우리의 꿈이 있네
영원한 행복이 있네!

풀꽃

아무도 보는 이 없는 쓸쓸한 들길
외롭게 홀로 핀 이름 없는 풀꽃

너무 애처로워 가던 발길 멈추고
내 따뜻한 손으로
어루만져준다

이름 없는 꽃이지만
자연을 품은 아름다운 꽃

내 품에 안기는 듯
반갑고 사랑스러워

하늘이 준 자연의 신비
감사하며 살아야지.

봄 향기

산들바람 꽃동산
향기로운 꽃들이
방긋방긋
미소 짓는 봄

푸른 나뭇가지에 앉아
노래하는 귀여운 새들
너무 사랑스러워

시냇가에 흐르는 물소리
가슴에 안고
반가운 사람과
걷고 싶은 이 마음

움츠렸던 가슴 열고
봄 향기 속에서
사랑하는 사람과
행복하게 살고 싶어

오래오래
이 목숨 다할 때까지.

산속 마을

병풍처럼 둘러싸인 산 아래
아담하게 자리 잡은
산속 마을

누가 살고 있나
보기만 해도
외롭고 쓸쓸한 마을

정 들여 키운 자식들
다 어딜 갔나
살아계실 때 잘해야지

멀지 않은 저승길
이제 가면 언제 오나
죽고 나면 무슨 소용 있으랴.

스페인 소묘

아스라이
지평선 너머

하늘과 땅이 맞닿은
가도 가도 끝없는 대평원

보기만 해도 배부른
온 세상이 곡창이다

이국정서 가득한 소싸움도
그립고 깊은 정
후한 인심
다시 한번 찾고 싶은
정든 땅 스페인

낯선 하늘에도
해는 지고
별빛만 반짝이네!

꽃바람

양지바른 봄 동산
꽃바람 타고 오는 봄
진달래 개나리 활짝 피어
우리를 반기고

산새들 노래 지지배배
너무 정다운데

개울가 빨래터
빨래하는 아낙들
신바람 나서 덩실덩실 춤추고

봄 향기 무르익는 아름다운 계절
하늘이 주신 행복
봄 향기 가득하다.

동트는 새벽하늘

이른 아침 맑고 밝은 태양이
우리를 반겨주고
나무 위에 앉은 새들은 반갑다고 **쩍쩍**
즐겁게 아침에 인사하네

도로 위를 달리는 차량 행렬
서로 바쁘고
출근길 바쁜 걸음 우리 모두 한 식구

오늘도 즐겁고 기쁜 일만
가득 넘치게 하여주시고
우리의 간절한 희망과 포부를 담아
기쁜 마음으로 하루를 열어갑시다

언제나 즐겁고 행복하게.

감이 익는 소리

가을 하늘 뭉게구름
감나무 가지마다
탐스럽게 열린
잘 익은 감
보기만 해도 꿀꺽
침 넘어간다

우물가 밭고랑 따라
아낙네들 머리에
물동이 이고
발걸음도 가볍게
가을을 걷는데

감이 익는 소리
귓전에 가득
너도 행복
나도 행복
우리는 빈 가슴
사랑이 넘치네!

부자(富者)

나는 부자다

동터오는 아침 햇살
눈 덮인 하얀 산도 있고

시원한 바다
우렁찬 파도 소리도
모두가 나의 것

푸른 하늘
뭉게구름
빨주노초파남보
활짝 핀 무지개도

언제나 가슴에 안고 사는
나는 정말 부자

글 쓸 것도 많고
그릴 것도 많은

하늘이 주신 은총
나는 정말 부자다.

내 마음의 수채화

3
독도의 함성(喊聲)

독도는 말한다
나의 품은 영원한 대한민국이라고
아! 나의 조국은 위대한 평화의 나라
대한민국이라고….

독도의 함성(喊聲)

(1)
독도는 말한다
나는 대한민국 땅이라고
하늘이 내려주신 우리 민족의 역사와
혼이 담긴 땅
대한민국 경상북도 울릉군 독도리 1~96번지

조상 대대로 지켜온 우리 땅
온갖 풍상 더 겪어도 노여워하거나
슬퍼하지 않고
꿋꿋하게 지켜온 우리 땅 독도여!
넘어지고 쓰러져도
지금 우리는 모두의 가슴을 열고
너를 지키리라

(2)
독도는 말한다
나의 품은 영원한 대한민국이라고
아! 나의 조국은 위대한 평화의 나라
대한민국이라고….

꽃 전차

사랑과 꿈이 있는 유쾌한 거리
미국의 글렌데일 아메리카나

행복과 꿈을 싣고 관광단지를 달리는
낭만과 추억의 그림 같은 꽃 전차

서로서로 피부색이 다르고 언어도 다르지만
즐거운 꽃 전차 안에서는
어른이나 아이 할 것 없이 모두가 한 가족
서로서로 만나서 반갑고 함께해서 즐겁다

희망과 꿈을 싣고 달리는 행복 열차
생각만 해도 그때가 그립고
다시 한번 타고 싶다.

LA의 하늘

여기는
미국 땅

LA의 하늘에
태극기가 펄럭인다

넓고 푸른 세상
가고 오는 모든 이가
반가운 한국 사람

어제 보고 오늘 또 보고
여기가 미국인가, 한국인가

언제 보아도 만나서 반가운 사람
어디를 가나 정다운 이웃
우리는 한 가족

고향이 따로 있나 정들면 고향이지
이역만리 LA 하늘에
조용히 밤이 내리고

내 가슴에도
그리움이 뜨네.

원두막 이야기

넓고 넓은 푸른들에
홀로선 원두막

참외밭 고랑마다 탐스러운 참외들이
아침 햇살을 받아
먹음직스럽게 익어가고

참외 따는 손길마다
기쁨이 넘치네

맛있게 잘 익은
노란 꿀참외, 호박 참외, 개골 참외

보기만 해도
배가 부르다

뉘엿뉘엿
해 질 녘

오가는 이 없고
시골길에 인기척이 끊기고

홀로 선 원두막에
조용히 밤이 내리는데

총총한 밤하늘에는
별빛만 반짝이네!

날씨

하늘이 노(怒)하셨나

요즈음 날씨는
쾌청할 날이 별로 없구나

흐리지 않으면 비바람, 미세먼지

죄 많은 세상
이제는 지진 공포까지

하늘이 내리시는
단죄인가
운명의 형벌인가!

딸기

태양을 가슴 가득 안고

붉게 익은
탐스러운 딸기

향기에 취하고
맛에 반해

할 말을 잊었네

하늘이 주신
귀한 선물

사랑하는
당신 입에 쏙

내 마음도
가득 피었네!

해바라기

온몸을 활짝 열고
하늘만 바라보는
청순한 해바라기

눈 부신 햇살을 받아
탐스럽고 아름다워

욕되고 거친 세상
나도 해바라기를 닮아
모든 근심·걱정 다 버리고

높푸른 하늘 향해
부끄럼 없는
한 송이 꽃으로 살고 싶어

더 아름답고 밝은
푸른 세상을 위하여.

농부

부슬부슬 내리는 빗속을
삽을 멘 농부가 논둑을 거닐며
물꼬를 보고 있다

가뭄 끝에 단비!
온몸을 비로 적셔도
좋을 단비

따뜻하고 배부를
풍년을 생각하며
농부는 신이 나서
경정경정 뛰고 싶다

하늘 보고 또 보고
다시 한번 쳐다보아도
신나는 단비
하늘이 주시는 영원한 꿀비
아! 생명의 단비.

고향 마을

하늘가 산 아래
정감 있는 시골집 고향 마을
어릴 적 같이 놀던 반가운 친구들

지금은 다 어딜 갔나!
아무리 찾아보아도 보이는 얼굴은 없고
비행기 소리만 요란하게 하늘을 나는데
안타까운 마음 달랠 길 없네

친구야 놀자
우리 다 함께 손잡고
즐겁게 놀아보자!
정다웠던 어릴 적 그 시절 생각하며
즐겁게 놀아보자
이 밤이 다하도록.

동구 밖 가는 길

녹음이 우거진 산촌
실개천이 흐르는 동구 밖 가는 길은
즐겁고 행복한 길

산새들 노랫소리 지지배배
너무너무 아름답고 사랑스러워

초가삼간 외딴집 지붕 위에는
빨갛게 잘 익은 고추들이 널려있고
어디를 가시려는지 꼬부랑 할머니
싸리나무 문을 나서는데

길 떠나는 아낙네는 발걸음이 바쁘고
오늘도 그리운 식구들 반가운 얼굴
가슴에 새기며
발걸음만 재촉하는 고향 산천

동구 밖 가는 길은 즐겁고 행복한 길
우리의 영원한 삶이 있습니다
행복한 꿈이 있습니다.

물고기 두 마리

계곡물이 흐르는 산 아래
물 고인 웅덩이에서
물고기 두 마리가 사이좋게 놀고 있다

속이 다 들여다보이는 물속에서
오르락내리락 신나게
꼬리치며 놀고 있는 물고기
너무 정답고 보기도 좋다

물고기는 내 친구
언제 보아도 다정하고 신나는
착한 물고기 두 마리

오늘도 내일도
예쁜 꼬리 흔들며 귀엽게 놀고 있는
다정한 모습 그리면서
아쉬운 발길 돌리네!

귀뚜라미 우는 밤

귀뚤귀뚤 쨋쨋 쨋
어둠이 내린 깊은 밤
축축한 풀숲에서 쓸쓸히
밤이 새도록 혼자 우는 귀뚜라미

누구를 기다리나
아무리 기다리고 기다려도
오지 않는 임인데

울다 지쳐 쓰러질 때까지
계속 울기만 하는 귀뚜라미
안아주고 싶다

내 따뜻한 가슴으로
새벽하늘 먼동이 틀 때까지
포근히 안고 잠들고 싶다.

중곡동 사거리

내가 언제 왔던가
낯선 중곡동 사거리에
펄펄 눈이 내린다

동행하던 윤 시인도
부지런히 혼자 걷는데
늘어진 어깨 위로
슬금슬금 눈이 쌓인다

길가 붕어빵 아줌마가 반가운 듯
우리를 보고 웃는다.

"맛있는 붕어빵, 따끈해요!"

앞서가던 윤 시인도
발길을 멈추고
나를 보고 빙긋이 웃는다

붕어빵 입에 물고
호호 불며 먹는 모습이

너무 우스워 서로 보고 웃는다

낯선 중곡동 사거리
사랑과 은총이 가득한 희망의 거리
어느새 눈이 그치고
밤하늘 별빛만 반짝이네!

단비

그토록 기다리고 고대하던
고마운 단비가 주룩주룩 내린다
마을 앞 논밭에도 이웃집 처마 끝에도
시원스럽게 비가 내린다

단비를 맞으면서
물꼬를 보고 있던 농부 아저씨
너무너무 좋아서 경정경정 뛰면서

마을 앞을 돌아 큰소리로
야, 비가 온다. 비가 와!
소리치면서 동네 사람들을 부른다

기다리고 고대하던 가뭄 끝에 꿀 비
하늘이 내려주시는 고마운
축복의 단비, 단비!

울산 바위

설악 하늘 우뚝 솟은
거대한 울산 바위

하늘마저 손에 잡힐 듯
장엄하고 웅장하다

거친 비바람 눈보라
다 막아주고

천년만년 변함없이
우리를 지켜주는
민족의 명산
그 이름 설악산
울산 바위.

사슴 이야기

푸른 풀밭 나무 아래
누구를 기다리고 있나

귀여운 사슴 한 마리!
사방을 아무리 둘러보아도
찾아주는 이는 없고

오늘도 쓸쓸히 발걸음만 옮기는데
어디로 가야 하는지
외로운 사슴은 갈 길을 잃고
먼데 하늘만 바라보는데

어느덧 서산마루 해는 지고
먹구름만 오락가락
가슴만 태우네!

4
포도밭 가는 길

포도밭 이랑마다
포도 익는 소리

포도밭 가는 길은
즐겁기만 하다

용소막골 이야기

1
하늘과 땅이 맞닿은
산속 깊은 마을, 용소막골
강원도 원주시 신림면 용암리

산간벽지 오지 마을에
모진 박해와 탄압 속에서도
목숨으로 천주교를 지키고 전파한
우리의 선열들이시여!
이름 없는 별들이시여!

당신들의 절규와 피 끓는 열정으로
성당이 세워지고
100여 년이 지난 지금도
그때의 함성을 들으며
우리는 기도하며
주님을 만나고 있습니다
주님을 사랑합니다

2
자비와 은총으로
우리를 받아주시고
무지하고 고루한
용소막 깊은 골에
가슴을 치는 성당의 종소리가
울려 퍼지게 하시고
믿음을 주시는 은혜
하늘이고 땅이십니다

언제나 변함없이
우리와 함께하시는
당신은
아! 영원한 평화이십니다.

눈길

소록소록 눈이 내린다

하얗게 내리는 눈길을
혼자서 걷는다

뽀드득뽀드득
눈 밟는 소리

놀이터 앞 아이들이
신이 나서 눈을 굴리며
서로 던지고
깔깔대며 웃는다

나 어릴 적
양손 호호 불며
눈싸움하던 생각이 난다

눈처럼 하얀 깨끗한 세상
시기 질투 모든 욕심 다 버리고

사랑으로 가득한
아름다운 세상을 빌어본다
우리 모두의 소망을 담아.

달

높은 하늘

달빛 속에 어린
당신 모습,

아름답고
사랑스러워

당신 안에
내가 있고

나의 안에
당신 있으니

하늘 같은
우리 사랑

영원히 꽃 피우리.

설악 단풍

오색 물결 파도치는
설악 금물결

하늘을 찌를 듯
웅장한 울산 바위
가슴에 안고

설악과 마주하니
신선이 따로 없구나

산에 취하고
단풍에 젖어
하늘을 보니

영원한 평화
깊은 사랑

내가 바로
신선일세.

떠나버린 가을

산마다
울긋불긋
벌써 단풍인가 했더니

한 잎
두 잎
다 떠나버렸네

안타까운
나의 가을

이만큼 돌아서 보니
어느새 세월은 흘러

너와 나의 빈 가슴
그리움만 쌓이네!

포도밭 가는 길

맑고 푸른
가을 하늘

한가로이 잠자리 떼 날고

포도밭 이랑마다
포도 익는 소리

포도밭 가는 길은
즐겁기만 하다

잘 익은 포도송이
한 줌 따서 입에 물고
하늘 한번 쳐다보면

오곡백과 풍성한 이 가을
가슴에 안고 싶다.

꽃길

푸른 하늘
넓은 들
코스모스 꽃길 따라
가을을 걷는다

어느새 봄인가 했더니
나뭇잎마다 단풍 들고
뭉게구름 두둥실
가을이 오네

오곡백과 푸짐하게
풍년을 열고
우리 인생 활짝 가슴을 펴
하늘이 내리신
행복을 마중하자.

가을 서정

푸른 하늘
뭉게구름
잠자리 떼 날고

갈대밭 금물결
그리움이 넘치네

깊은 산속 오색단풍
가슴에 안고

아름다운 산새들 노랫소리
너무 아름다워
발걸음도 가볍게
오곡백과 무르익는
가을을 걷는다

끝없이 하염없이….

가을 연가

맑고 푸른 가을 하늘
잠자리 떼 날고

오곡백과 무르익는
들길을 달린다
여기도 풍년 저기도 풍년

만 중 우산 단풍 들고
무성하게 자란
탐스러운 벼들이

논배미를 가득 메우고
풍년을 기약하는 농악 소리
동네 사람 모두 모여
온 동네 잔치하네

잘살아 보세
하늘이 주신 행복의 땅
감사하며 살지.

밤 비행기

눈 덮인 깊은 산
별빛 쏟아지는 밤하늘을
오늘도 쉬지 않고 달리는
용맹스러운 우리 전투기

보기만 해도 정말 고맙고
자랑스럽다

우리를 편안하고 아늑하게
잠들게 해주고
이 나라를 지켜주는 용감한
우리 공군 비행기
생각할수록 감사하고 고마울 뿐이다

지금도 귓전에 들리는 듯
벅찬 가슴 달랠 길 없네.

고향 가는 길

산 높고 물 맑은 고향 가는 길은
즐겁고 행복한 길

산천초목 우거진 들길을 지나
어릴 적 뛰어놀던 아름다운 추억을
떠올리며 신나게 달려가는 길

바로 눈앞에 고향 집을 바라보며
기다리고 계실 아빠 엄마 그리운 얼굴
생각하며 힘차고 기쁘게 달려가는 길

지지배배 짹짹 짹 산새들 노래
나를 반겨주듯 너무 즐겁고 행복해

넓은 들판 오곡백과 무르익는 논밭에는
풍년이 넘치고 오늘도 밝은 해는
나를 반기네!

까치집

오랜 세월
울창한 소나무 가지 위에
탐스럽게 잘 지은 까치집 한 채
가던 발길 멈추고 아무리 쳐다보고
또 보아도 까치들은 보이질 않고
빈집만 썰렁하게
보는 이의 마음을 안타깝게 하네
까치야 돌아와 반갑게 맞이할 게

아침에 까치가 울면
반가운 손님이 오신다고 했는데
기다릴 게 너희들이 돌아올 때까지
기쁜 마음으로 기다리고 있을게

서산 너머 해가 지기 전에
빨리 돌아와
사랑한다. 까치야
아주 많이.

오대산 길

절정을 이룬 황금 단풍

오대산 길 고개 넘어
단풍에 취해
하늘을 본다

붉은 해를 가슴에 안고
오곡백과 무르익은
들판에 서면
가을 향기 가득한
여기도 풍년 저기도 풍년

하늘이 주신
깊은 뜻
언제 가도 반가운 길
산 내음 오대산 길.

5
꽃보다 아름다운 당신

언제 보아도 변함없는 당신은
이 세상에서 둘도 없는
내 영원한 단짝

사랑해요! 영원히 이 세상 다할 때까지
꽃보다 아름다운 당신을.

어머니 전 상서

어머니!
부르기만 해도 목이 멘다

세상 사는 법을 가르쳐 주시고
당신 눈에 자식을 넣어 키우신
인자하고 다정하신 어머니

때로는 어렵고 엄격하시지만
나는 이 세상에서 어머니가 제일 좋다

바른길을 인도하시고
덕행과 선행을 가르쳐주신
위대하신 어머니

남자다운 기백과 용기를 심어주신
자랑스러운 어머니!

지금은 하늘나라 먼 곳이지만
항상 제 안에 계시는 훌륭하신 어머니

당신은 영원한 사랑이시며
영원한 행복이십니다

존경하고 사랑하는 어머니!

당신이 그립습니다
당신을 사랑합니다.

임

임아
사랑하는 나의 임아

항상 나의 안에 임이 있고
임의 안에
내가 있습니다

우리는 한 몸
영원한 평화가 있습니다
행복한 기도가 있습니다

임아
사랑하는 나의 임아!

장미꽃 당신은

- 아내에게

터질 것 같이 밀려오는
그리움이 있습니다
언제 보아도 싱그러운
당신은 장미
나의 마음을 사로잡는
진한 향기와
무한한 정열이 있습니다

하늘이 주신 영원한 동반자

당신보다 더한 그리움은 없습니다
나의 기쁨
나의 행복

나보다 더
나를 사랑하는
장미꽃 당신은.

기도

- 착하고 소중한 우리 아가에게

나의 사랑스러운 아가야!

너의 이름은 정호영, 착하고 소중한 나의 외손주.

아빠도 엄마도 할머니와 고모들도 그리고 미국에 있는 이모도
너무너무 너를 좋아해, 사랑해!

아가야
비록 네가 아직 말은 못 하지만,
우리는 통화는 대화하고 말보다 더한 느낌으로 교감하며 말하지

아침에 눈을 뜨면 방긋방긋 반가운 너의 미소
그런 너의 미소로 하루를 열면 온종일 기분이 좋단다

엄마 품에 잠든 너의 모습은
햇살보다 더 밝고 물빛보다 더 맑은 천사

무엇이 이 세상에서 그보다 더 아름다울 수 있을까!

착하고 소중한 우리 아가야
이런 너를 보고 있으면 세상은 모두 평화일 뿐
나도 그 속에 잠들고 싶다
미움도 슬픔도 다 벗어던지고
경건한 마음으로 너를 위해 기도하며 감사하며 살지

아가야 너의 이름은 천사!
아가야 너의 이름은 평화!

하늘이 내려주신 영원한 동반자

청명하고 아름다운 가을 하늘 10월에
세상에서 가장 소중하고 사랑하는 아들 지호!
그리고 새아기 은영아!
우리 가족 모두는 너희들의 결혼을 마음의 문을 활짝 열고
가슴과 가슴으로 축하한다

너희들은 착하고 사랑스러운
한 쌍의 원앙, 천생배필
하늘이 내려주신 영원한 동반자!

새아기 은영아!
너는 우리 집 안에 활짝 핀 꽃
꿈과 사랑이 넘치는 보배로운 꽃이다

이제 우리는 한 가족
아무리 어렵고 힘들어도 서로 아끼고 사랑해서
화목하고 행복한 성가정을 이루어 나가자
영원히 영원히.

손주 사랑

착하고 귀여운 금쪽같은 나의 손주
언제 어디서나 얼굴만 마주치면
방긋방긋 웃으면서 나의 품에 안기는
그 모습이 너무너무 귀엽고 사랑스럽다

언제 어디서나 얼굴만 마주치면
정신없이 놀다가도 두 눈을 찡긋찡긋하면서
내 품에 안기고 뽀뽀뽀 하면
그 탱글탱글한 두 눈을 굴리면서 내 품에 안긴다

우성아! 내가 누구야 하면 어김없이
하부지! 하부지! 하면서 좋아하는 그 모습이
얼마나 귀여운지 얼마큼 좋아하면
양팔을 벌리면서 이만큼 이만큼 하는데
너무 귀엽고 사랑스럽다

사랑하는 우성아! 우리 언제나 항상 건강하고
신나게 웃으면서 행복하게 잘살아 보자
우성아, 윙크!

사랑하는 우리 아기 유민이에게

- 유민이 탄생 100일 기념

밝은 햇살이 눈부시게 아침을 열면
우리 아기 잠에서 깨어나 배시시
그 뽀얀 얼굴에 미소를 머금고 방긋이 웃는다
내가 얼굴 대고 눈을 마주치고 볼을 비비며
"우리 공주님! 잘 잤어요" 하면 이내 그 미소가
함박웃음이 되어 입을 크게 벌리고
손짓과 발짓 아침 인사로 나를 반긴다

티 없이 맑고 고운 얼굴로
마치 식구들의 얼굴을 다 아는 큰아이처럼
옹알옹알 뭐라고 무슨 말을 한다
그것은 반갑다는 인사요 우리만이 통하는 유민의 언어
이제는 표정으로만 웃는 게 아니라 제법 소리 내어
크게 웃는다. 그 천진난만하고 평화스러운
우리 아기의 모습에서 나는 세상 풍파 모든 것을 다 잊고
나도 아기의 마음이 되어 한없이 빠져든다
영원한 행복 속으로.

Ⅱ
사랑하는 귀여운 우리 아가 유민아!
너는 우리 식구 모두의 기쁨이요 희망이다!
할아버지 할머니, 아빠 엄마도 가장 소중하게 아끼는
자랑스러운 우리의 보배
아무쪼록 착하고 건강하게 무럭무럭 자라서
총명하고 똑똑한 어린이가 되고
존경받고 훌륭한 좋은 사람이 되어야지

우리는 네가 있어
화목하고 기쁘고 행복하다
너는 소중하고 영원한 우리의 평화!
주님께서 내려주신 깊은 사랑이요
영원한 은총이다

사랑하는 귀여운 우리 아가 유민아!
사랑해요. 하늘만큼 땅만큼….

보리밭

황금물결 춤추는 들길을 따라
가을 하늘 잠자리 떼 쌍쌍이 날고

보리밭 고랑마다
풍년이 넘치네

탐스럽게 익은 보리 이삭이
보기만 해도 배부른 세월

옛날 그 시절 할머니가 해주시던
정성 담긴 가마솥에 푸짐한 보리밥 한 그릇

생각만 해도 배부르고
할머니 생각나네

당신 배는 곯아도 식구들 배는 만삭
너무 황송하고 고맙고 또 죄송스럽다

지금은 하늘나라 먼 곳이지만
할머니 고맙습니다

주님 나라에서
행복하고 편안하게
배부르고 건강하게 사세요

일만 하시고 고생하신
은혜롭고 고마우신 우리 할머니

눈물이 납니다
너무 사랑합니다
영원히
아주 영원히….

겨울 배

말만 들어도 먹고 싶은
가을이 농익은
달콤하고 시원한 배

동짓달 눈 오는 밤에도
온 가족이 모여 앉아
오순도순 정을 나누고

한 입 두 입 베어 무는
아삭하고 잘 익은 겨울 배의
신선한 그 맛

지금은 하늘나라 먼 곳이지만
어머님이 사 주신
그때 그 배의 맛
잊을 수가 없구나

지극정성 저희를 보살펴주신
고마우신 어머님

눈물이 납니다.
너무너무 감사합니다
고맙습니다

이제는 모든 짐 다 내려놓으시고
주님의 은총과 사랑 안에서
편히 사시고

영원히
행복하세요

사랑합니다
어머님.

귀엽고 사랑스러운 아린이
- 탄생 18주년 기념

네가 엄마 아빠 품에 잠들어
쌔근쌔근 잠잘 때가 엊그제 같은데
벌써 열여덟
너는 착하고 예쁘며
공부도 잘해서 너무 신통하고 귀엽지!

아린아, 너는 할아버지 할머니를
너무너무 좋아하고 사랑했지

길을 걸을 때도 내 팔을 꼭 잡고
매달리듯 걸으면서
다정하게 우리를 즐겁게 하지

그토록 천진스럽고 귀엽던 네가
벌써 커서 낭랑 18세야!

그래 아린아 아무쪼록
착하고 훌륭하게 성장해서
우리 가문의 보배로
위대한 사람이 되어야지

아린아, 사랑해!
우리 식구 모두는 너를 위해
기도하면서 영원히
아주 영원히, 사랑할 거야

아린아!

꽃보다 아름다운 당신

언제 보아도 변함없는 당신은
이 세상에서 둘도 없는
내 영원한 단짝

하늘이 맺어준 천생연분

자나 깨나 앉으나 서나
당신 생각만 하면
너무 행복하고 즐거워

알뜰살뜰 살림도 잘하고
아이들 교육도 누구 못지않게 잘 시키고
항상 겸손하고 후덕해서 남에게
호감을 사고 대인관계도 좋아서
당신을 아는 사람들은 모두 당신을 따르고
존경하지

아이들 교육도 잘하고 뒷바라지를
잘해주어서 한결같이 당신 말이라면
우리 엄마가 최고라고 하지!

음식도 잘 만들어서 당신이 만든 음식이라면
무조건 OK!

자나 깨나 앉으나 서나
나에게는 오직 당신뿐 둘도 없는
천사 같은 존재

우리는 하늘이 맺어주신 천생연분
금쪽같은 우리 마누라!

착하고 귀여운 우리 아이들과
이 세상에서 제일 행복하게
감사하며 살아갑시다

사랑해요! 영원히 이 세상 다할 때까지
꽃보다 아름다운 당신을.

아랫목의 행복

별들도 잠든 조용한 밤

아내가 잠자리에서
따뜻한 아랫목에
발을 뻗으며
내 손을 꼭 잡고 하는 말

아! 따뜻해
기분 좋다
감탄을 한다

얼마나 지났을까
어질고 착한 귀여운 아내
어느새 잠들어 코를 골며
내 품에 안긴 채
잠들어 있다

오늘도 깊은 사랑
가슴에 담고
꿈길 같은

행복 속으로
달리고 싶다

당신 안에 내가 있고
나의 안에
당신 있으니

우리 사랑
영원히
행복을 꽃 피우자.

우성이 탄생 100일 기념

대망의 2018년 무술년 새해!
동방의 빛을 가슴에 안고
자랑스럽게 태어난
우리의 보배
그 이름 최우성!

너의 탄생은
우리 가문의 영광이며
하늘이 주신
축복이요, 한 줄기 빛이다

하늘에 별처럼
반짝반짝 빛나는
아름다운 눈망울

환하게 웃는
귀엽고 탐스러운
너의 모습에서
우리는 자랑스럽고
세상을 다 안은 듯

즐겁고 행복하다

귀엽고 자랑스러운
우리 가문의 대장 우성아!
보고 싶어 마주하면
반갑다고 그 고사리 같은 손으로
두 주먹을 불끈 쥐고
손짓하는 너의 모습에서
진정한 행복과 사랑을 느낀다

아직은 누운 채로
발버둥 치고
손짓 발짓 다 하는
귀여운 너의 모습을 보면
가슴에 안고
만져주고 뽀뽀해주고 싶다

우성아!
아무쪼록 주님의 은총과 사랑 안에서
건강하고 튼튼하게 잘 자라서

이 나라의 보배요 역군으로
만인에게
존경받고 사랑받는
훌륭한 인물이 되어라

우성아! 사랑한다.

산새

맑고 푸른 하늘
이 산 저 산 훨훨 날아다니며
지지배배 짹짹 노래 부르고
신나게 놀던 아름다운 산새야!

오늘은 무슨 사연 있어 쓸쓸히 혼자 울고 있나
산이 좋아 낮이나 밤이나 산에서 사는
귀여운 산새야, 무엇이 그리워
가지 많은 나무에서 내려올 줄 모르고
그리 슬피 혼자 울고 있나!

가던 발길 멈추고 귀 기울여 아무리 찾아보아도
고운 목소리의 그 모습은 보이지를 않고
먹구름만 오락가락 날이 저물어
아름다운 산새들의 모습은 찾을 길이 없네

지지배배 짹짹! 아름다운 산새야
서산마루 해는 지고 날이 저물기 전에
신나게 아름다운 목소리로 노래 부르자
산이 좋아 산에 사는 나의 귀여운 산새야!

영원한 웅비(雄飛)

- 수원가정법률사무소 20주년 기념 축시

(1)
우리는 한 줄기 빛으로 이 땅에 태어났습니다

지금으로부터 20년 전
어렵고 힘든 각박한 세상에서
삶의 의욕을 잃고 좌절하는 이들의 쉼터가 되고
가정 상담을 통해 파행가족의 고충을 해결하고
이혼 직전의 부부에게 화해와 평화의 길을 열어주고
더 나아가
가진 것 없고 억울한 이들의 무료 변론까지
혼탁한 사회와 불우한 이웃을 위해
20년을 한결같이 봉사하고 헌신해 온
우리 수원가정법률상담소

(2)
이제 창립 20주년을 맞이하여
법률구조를 통한 복지사회구현과 우리 사회의
모든 가정과 함께라는 목표 아래
고통받고 불행한 수많은 가정을 위해
앞으로도 계속해서 그들의 행복을 위해
봉사하고 구원하며 최선을 다할 것입니다
우리는 한 줄기 빛으로 이 땅에 태어났습니다
그것은 우리들의 영원한 사랑-
아! 그것은 우리들의 영원한 웅비(雄飛)

*2010년 5월 21일 수원 가정법률상담소 운영이사 최홍규

내 마음의 수채화

6
원두막의 추억(수필)

혼자 원두막을 지키면서
그 외롭고 쓸쓸함,
비가 오면서 천둥·번개 소리와
불꽃 튀는 소리가
너무 무서웠다.

어머니의 스케이트

(1)

　나는 어려서부터 가까운 친척들이나 이웃 사람들에게 어머니를 꼭 빼닮았다는 이야기를 많이 들었다. 내가 생각해도 생김생김이나 성격에서 먹는 식성에 이르기까지 우리 어머니를 많아 닮았다.

　나는 지방에 있는 초등학교에 다니다가 서울에 있는 중학교에 입학했는데 서울 사는 친척 집에서 학교에 다니게 되었다. 여러 가지로 어렵고 불편하고 내 방도 따로 없었지만, 꾹꾹 참고 잘 다녔다. 토요일만 되면 그날은 수원 우리 집에 가는 날이라 어린 마음에도 기분이 좋았다. 학교가 끝나자마자 가방을 챙겨 수원행 열차에 몸을 싣고 수원으로 달려 집에 도착하자마자 어머니부터 찾았다. 나를 지극히 사랑하시고 반겨주시는 어머니와 꿈같은 토요일 일요일을 보내고 월요일 아침이면 서울행 통근열차를 타고 다시 서울로 가야 한다.

　어머니와 헤어질 때는 나도 모르게 눈물이 글썽글썽해지면서 마음이 약해지고 서울로 가기 싫었다. 이럴 때마다 어머니는 나의 손을 꼭 잡아주시면서 "남자가 그렇게 마음이 약하면 못 쓰는 거야. 이다음에 훌륭한 사람이 되려면 마음을 강하게 먹고 학교 잘 다녀야지." 하시면서 나에게 용기와 희망을 주신다.

이렇게 자상하고 훌륭하신 어머니에게 나는 평생 잊을 수 없는 잘못을 했다. 우리 아버지와 어머니는 훌륭한 엘리트 부부로서 당시에 아버님은 일본 유학생이셨고 어머니와 결혼해서 일본에 계시다가 한국으로 나오시면서 평생 공직생활을 하신 덕망 있는 유능한 분이시다.

그 당시 내가 다니던 학교에서는 겨울이면 교내 빙상대회를 하는데, 나는 스케이트가 없어서 망설임 끝에 부모님께 스케이트를 사달라고 했지만 아직은 위험하다고 사주지를 않으셨다. 울고불고 여러 날을 졸라서 결국 스케이트를 사 주셨는데, 절대 위험한 곳에는 가지 말고 집 근처에서만 타라고 주의를 주셨다. 겨울이 많이 지나고 개학이 임박했지만, 우여곡절 끝에 마련한 스케이트가 얼마나 타고 싶었겠는가!

그러던 어느 날 이웃에 사는 친구에게서 연락이 왔다. "빨리 스케이트 타러 가자고!" 나는 망설일 틈도 없이 주섬주섬 가방을 챙겨 그 친구와 같이 그리 멀지 않은 '서호'라는 호수로 발걸음을 옮겼다. 호수에 도착해보니 타는 사람도 없고, 얼음판이 꽁꽁 얼어있어야 하는데 일부 가장자리에는 얼음이 녹아 약간씩 출렁출렁했다. 그래도 우리는 타고 싶은 욕심에 스케이트로 갈아 신고 신나게 타기 시작했다. 얼마를 타다가 빨리 집에 가야겠다는 생각이 들어 급히 짐을 챙겨 집으로 왔다.

그 사이 어머니께서는 내가 스케이트를 타러 갔다는 사실을 아시고 깜짝 놀라시어 우리 사업체의 직원 한 사람을 대동하고 우리가 간 '서호'방죽으로 우리를 찾아 나선 것이다.

우리는 그곳을 떠나 집으로 와 있었지만, 어머니께서는 그것을 모르시고 내 이름을 부르시면서 얼음판도 많이 녹았는데 혹시 내가 어떻게 잘못되지나 않았을까 하는 불안감에 호수를 한 바퀴 돌아 나오신 것이다. 아무도 없는 허허벌판에서 내 이름을 부르면서 호숫가를 돌며 나를 찾으실 때 그 어머니의 심정이 어떠했을까? 내가 지금 생각해봐도 가슴이 미어지고 터질 것만 같았을 것이다.

집에 돌아와서 나를 보신 어머니는 아무 말씀도 안 하시고 눈물이 핑 도시더니 나보고 종아리를 걷으라고 하시면서 매를 드셨다. 매를 맞으면서 나도 울고 어머니도 우셨다.

세상에 손찌검 한 번 안 하시는 어머니인데 얼마나 놀라시고 가슴이 미어지셨으면 그렇게 엄하게 매를 드셨을까. 나는 지금 생각해보아도 어머니 심정을 알고도 남음이 있을 것 같다

- 어머니, 정말 잘못했어요. 다시는 안 그럴게요. 한 번만 용서해주세요-

(2)

이렇게 사연이 많은 스케이트를 나는 분실하고 말았다. 겨울 스케이트 철이 지나자 나는 그 이듬해 타려고 녹슬지 않게 보관하기 위하여 스케이트 날을 깨끗이 닦아가지고 구리스 기름을 발라 붕대로 감아가지고 학교에 가면서 내가 거처하던 친척 집 빨랫줄에 널어놓고 나갔는데 학교에서 돌아와 보니 스케이트가 감쪽같

이 없어졌다. 그렇게 아끼는 스케이트를 누가 훔쳐 간 것이다.

그때는 새 스케이트를 가진 사람이 별로 없었다. 대개는 집안에 형이나 다른 사람이 타던 중고 스케이트였지 새 스케이트를 가진 사람은 별로 없었다. 나는 그 이후 지금까지 스케이트를 타지도 않고 새로 사지도 않았다.

나는 지금도 누가 스케이트를 타는 것을 보면 그때의 생각이 난다. 더욱 간절한 것이 어머니 생각이다.

- 어머니 사랑합니다.-

빈 그네

오늘은 웬일일까?

우리 아파트 놀이터 앞, 그네가 비었네. 우리 유민이가 즐겨 타던 쌍 그네! 한쪽은 내가 타고 다른 쪽은 유민이가 타는데, 유민이는 내가 그네를 밀어주면 세게, 더 세게 밀어달라고 하면서, 하늘이라도 잡을 듯 신나게 그네를 탄다. 우리가 타고 있으면 다른 아이들은 부러운 듯 물끄러미 바라보면서 우리가 내려오기를 기다린다.

바쁘기만 했던 놀이터 앞 쌍 그네가 오늘은 아무도 타는 사람 없이 비었다. 우리 유민이는 빈 그네만 보면 그냥은 못 지나가지. "할아버지~ 그네! 그네!" 하면서 가던 발걸음을 멈추고 내 손을 잡아끈다. 빈 그네를 보면 한번 타고 가야 직성이 풀리는 듯 그때야 가자고 한다.

우리 유민이는 올해로 만 5살 된 귀엽고 사랑스러운 내 외손녀이다. 아빠 엄마와 미국에서 살고 있는데, 일 년에 한두 번은 한국에 들어와 우리 집에서 2개월 정도 같이 머물다 다시 돌아간다. 우리 유민이는 나이는 어리지만, 성격이 쾌활하고 붙임성이 있어 다른 아이들과도 잘 어울리고 어른들도 잘 따른다. 한국에 머무는 동안엔 유치원을 다니는데 머리가 좋고 활동적이라 선생님 말씀도 잘 듣고 발표력이 좋아서 칭찬도 많이 받고, 또래 아이들에게도 인기가 많아서 따르는 친구들이 많다.

유치원에서 돌아올 때 스쿨버스가 우리 아파트 정문 앞에서 정차하기 때문에 그 시간에 맞춰 마중을 나가는데 차에서 내리기가 무섭게 나를 보자마자 그 자리에서 신나게 덩실덩실 몸을 흔들면서 한바탕 춤을 춘다. 할머니 할아버지가 마중을 나와 있어서 아주 기분이 좋아 춤까지 추는 것이다. 유민이가 항상 말하기를 할머니 할아버지가 제일 좋다고 한다.

유민이는 사진을 찍을 때도 그때그때 취하는 포즈가 만능 탤런트 이상으로 다 다르다. 어떻게 하라고 가르쳐 주지도 않았는데 얼굴 표정이며 몸동작 하나하나가 누구도 따라 할 수 없을 만큼 다양하고 표현력이 대단하다.

사람은 누구나 각자 자기 복을 타고나는가 보다. 사랑하고 아끼는 우리 유민이의 말하는 것, 몸동작 하나하나 행동들을 보면 오히려 보고 있는 우리가 더 즐겁고 기쁘다. 그런 유민이가 한국에 온 지 2개월여 만에 다시 원래 사는 미국으로 돌아갔다. 많은 추억을 남기고 깊은 정을 뒤로한 채 한국을 떠났다. 유민이는 새로

단장된 놀이터에서 그네 타고 미끄럼틀 타고 시소 타는 것을 그렇게 좋아했다. 또 단지 내에서 유민이는 씽씽 카를 타고, 나는 뛰면서 누가 빨리 달리나 시합했던 일, 그림 그려달라고 스케치북 펴놓고 그림 그리던 일, 내가 다 그린 그림 위에 자기가 더 그려 넣고 좋아하던 일 이제 모두 지나간 추억이 되었다.

아파트 앞 빈 그네!

빈 그네를 보니 유민이 생각이 더 난다. 유민이는 지금 미국에서 무엇을 할까?

우리 유민이가 한국을 떠나면서 공항에서 내세 하던 말. 나의 목을 꼭 안고 뽀뽀를 하면서 "할아버지가 좋아! 미국에 언제 오실 거예요?"

그래, 유민아 사랑해 하늘만큼 땅만큼….

지호의 결혼식을 마치고

가을이 무르익은 황금의 달 10월 오늘, 드디어 기다리고 고대하던 사랑하는 우리 아들 지호의 결혼식 날, 호텔 리츠칼튼 그랜드 볼룸 10월 8일 오후 7시. 아침부터 새신랑을 비롯한 우리 식구들은 분주하게 움직였고 여러 가지 준비를 하느라고 정신이 없었다. 새 신랑인 우리 아들은 아빠도 신랑 입장할 때 신랑과 똑같은 나비넥타이를 매기로 해서 여러 가지 색깔의 나비넥타이를 준비해 왔다. 신랑 입장할 때 아빠와 함께 손잡고 입장하기로 하고 예식 전반에 걸친 전체적인 연출을 상의했다.

주례는 안 하는 것으로 했기 때문에 주례사 대신 아빠가 아들 결혼을 축하하는 결혼 축시를 써서 낭송하는 것으로 하고 성혼선언문 등 주례가 하는 것을 아빠가 하기로 준비를 했다.

드디어 결혼식이 시작, 신랑과 아버님이 함께 입장이라는 사회자 멘트가 나오고, 파이팅을 힘차게 외치면서 아빠와 신랑이 손을 꼭 잡고 무대 중앙을 향해 천천히 걸어나가면서 많은 박수 속에 하객들을 향해 손을 흔들어 입장했다. 예식이 진행되면서 축사 순서에서 축사는 신랑 아버님의 결혼 축시로 낭송을 해드리겠다고 사회자가 소개를 하고, 나는 내가 준비해 가지고 간 자작시 결혼 축시를 낭송, 많은 박수와 축하를 받았다.

한편 신부 쪽에서는 신부 아빠와 동생이 듀엣으로 김동규씨의 '10월의 어느 멋진 날'을 불러 분위기를 고조시켰다. 축가를 일반 가수나 친구가 아닌 신부의 아빠와 동생이 직접 불러 축하를 해주니 더욱 감동적이었다. 이렇게 예식은 끝났고, 많은 하객의 축하와 칭찬 속에서 아들의 결혼식은 마무리가 되었다.

나는 아들의 결혼식을 준비하며 특히 결혼 축시를 쓰면서 생각지도 않게 가슴이 울컥해서 여러 번 눈물을 흘렸다. 참을수록 북받치는 감정을 어쩔 수가 없었다. 자식을 낳고 키우면서 결혼을 시킬 때까지의 장면들이 스쳐 지나가면서 만감이 교차 되었다.

우리 아들 지호가 태어났을 때, 아들 낳았다고 온 동네가 떠들썩했던 그때 그 추억, 철부지였던 아들이 벌써 커서 결혼을 하고 어른이 됐으니 세상 참 빠르구나 하는 생각이 든다.
아들이 결혼해서 따로 사니까 집에 들어와도 분위기가 썰렁하고 적적한 느낌이 든다. 비록 매일 보지는 못하지만 새 가족이 더 늘었으니 화목하게 서로 아껴주고 위해주고 더욱 즐겁고 행복하게 살아야겠다는 생각이 든다.

아들아! 새아기야! 여보 당신! 우리는 화이팅이다. 화이팅!

살구 이야기

우리 아파트 정원에는, 탐스러운 살구나무가 쭉쭉 뻗은 가지마다 봄이면 꽃이 피고 6月이면 노랗게 익어가는 살구가 탐스럽게 열려있다.

바닥까지 농익은 살구가 여기저기 떨어져 널려있어도 누구 하나 거들떠보는 이 없고 오히려 오가는 이들의 발에 채여 툭툭 터져버린 농익은 살구가 아까울 정도로 여기저기 나뒹굴어져 있다.

누구 하나 줍거나 따먹는 사람도 없을 뿐 아니라 아이들까지도 별 관심 없이 오히려 발로 밟고 툭툭 차면서 장난을 치기 때문에 바닥만 지저분해진다.

예전 같으면 있을 수 없는 일 바닥에까지 떨어져 있을 살구가 어디 있으랴! 떨어지기가 무섭게 주섬주섬 챙겨 입에 넣기가 바쁘고, 하나라고 더 먹으려고 나무에까지 올라갔다가 어른들에게 야단을 맞기 때문에 조심해야 했다.

우리는 지금도 바닥에 떨어져 있는 잘 익은 살구를 보면 아까운 생각이 들고 먹고 싶어진다. 씹을수록 새콤하면서 잘 익은 살구의 그 맛 그때 그 시절이 생각이 난다.

그때는 돈을 주고 무엇을 사 먹는다는 일은 거의 없고 감자나 고구마 옥수수 등 주로 밭에서 나거나 나무에서 열리는 농작물 이외에는 먹을 것이 거의 없었다.

II

지금 생각해보면 모두가 흘러간 옛 추억. 지금 아이들은 좋은 시절 좋은 때에 태어나서 어렵고 힘들었던 그때의 실상을 잘 모른다. 춥고 배고프고 어려웠던 그 시절, 지금은 부족함 없이 여유로운 생활 속에서 각자의 행복한 삶을 추구하는 정말 좋은 세상이 아닌가!

영원한 대천 사랑
- 잊을 수 없는 추억의 대천항

　내가 처음으로 대천 땅을 밟은 것은 중학교 2학년 여름방학 때였다. 당시 공직에 계셨던 부친께서 친구 서너 분과 함께 대천에 가시면서 나를 데리고 가셨다. 생각지도 않게 대천 해수욕장을 오게 되어 너무 기쁘고 신이 났다. 처음 대천에 도착해보니 낯설고 어색했지만, 바다가 있고 시원한 해수욕장이 있어 더없이 즐겁고 기뻤다. 다른 친구 한 분도 내 또래의 당신 딸을 데리고 오신 분이 계셔서 졸지에 여자 친구 한 명 생기게 되었다. 초면인데다가 상대가 남자가 아닌 여자여서 어색하고 쑥스러웠다. 수줍음을 많이 타는 나는 말도 잘 못 하고 행동하기가 무척이나 어려웠다.

　한번은 어른들은 모두 자리를 옮겨 다른 곳으로 이동하시고 우리 단둘이서만 남게 되었는데 오히려 더 어색하고 쑥스러워서 아무 말도 못 하고 눈도 마주치지 못했다. 지금 생각해도 왜 그리 부끄러워했는지, 내 성격 탓도 있겠지만, 그만큼 순진했던 것이 아닌가 하는 생각이 든다. 오래된 일이지만 대천 하면 그때의 생각을 잊을 수 없다.

나는 평소에 그림을 사랑하고 좋아해서 비교적 많은 화백과 교류를 했었는데 내가 워낙 대천항을 좋아하니 평소 기회가 되면 그림도 그릴 겸 친분 있는 화백들과 대천항을 자주 찾는 편이었다.

　그중 평소 스승처럼 존경하고 가까이 지내시던 서양화의 대가이신 고 이종무 화백님 내외분과 우리 부부는 함께 대천 여행을 하게 되었다. 대천항 포구 2층 횟집에 자리를 잡고 음식을 주문했다. 눈앞에 전개되는 대천항 풍경이 너무 좋았다. 정박해 있는 고깃배들과 포구를 감싸고 있는 빨간 등대가 어우러져 경치가 너무 좋았다. 선생님께서는 미술도구와 스케치북을 꺼내어 한눈에 보이는 아름다운 대천항 풍경을 즉석에서 스케치하고 컬러 작업까지 더해서 그림을 완성하시고 친필 사인까지 곁들여 내게 주는 선물이라고 하시면서 그림을 선물로 주시는 것이 아닌가! 나는 생각지도 않게 현장에서 직접 그리신 작품을 선물로 받으면서 얼마나 자랑스럽고 기쁜지 지금도 그때의 감동을 잊을 수가 없다.

　그때 받은 선생님의 작품을 지금도 방에 걸어놓고, 방을 나가고 들어올 때마다 그림과 인사하듯 반갑게 감상하며 그때의 선생님을 생각해본다. 인자하시고 자상하신 그래서 내겐 부모님 같으신 분, 평소에도 우리 가족은 선생님 댁과 화실을 자주 방문하고 그려 놓으신 작품과 그리고 계신 그림들을 보면서 설명도 듣던 그 시간이 너무 그립고 생각이 난다. 존경하는 당림 이종무 선생님의 명복을 빌면서 깊은 감사를 드립니다.

그리운 대천항! 지금도 나는 가족들과 대천항을 자주 찾으면서 바다가 주는 상쾌함과 즐거움을 맛보면서 가족끼리 오붓하고 보람 있는 시간을 가져본다.

푸른 하늘, 푸른 바다
언제 찾아도 반갑고 고맙다.
하늘이 주신 대자연의 깊은 사랑
영원히, 영원히
사랑합니다.

원두막의 추억

나는 초등학교 시절, 시골 할아버지 할머니 댁에서 학교에 다닌 적이 있었다. 그 당시 할아버지께서는 넓은 들판에 참외를 심으시고 원두막을 지으셔서 우리 식구들은 원두막을 지켜야 하는 일이 있었다. 넓고 넓은 들판에 홀로 선 원두막, 나는 지금도 원두막을 보면 그때 그 시절 생각난다.

할아버지와 내가 교대로 원두막을 지켰는데 할아버지가 나오셔야 그때 내가 들어갈 수 있기 때문에 할아버지가 나오실 때까지는 내가 원두막을 지키고 있어야 한다. 남들이 보기에는 원두막을 지키는 일이 호사스럽고 낭만적이며 재미있을 것만 같지만, 실제로는 그렇지만은 않다. 혼자 원두막을 지키면서 그 외롭고 쓸쓸함, 비가 오면서 천둥·번개 소리와 불꽃 튀는 소리가 너무 무서웠다. 그도 그럴 것이 얼마 전 바로 이웃에 있는 원두막에 벼락이 떨어져 사람이 죽었다고 했다.

그 이후부터는 천둥·번개를 동반한 빗줄기는 너무 무섭고 싫었다. 비가 오는 동안은 꼼짝 안 하고 원두막 기둥만 부둥켜안고 잔뜩 겁먹은 채 비가 그칠 때만 기다렸다. 기다리는 동안은 정말 공

포의 시간이었다. 어린 마음에 얼마나 무서웠겠는가. 지금 생각
해봐도 충분히 짐작이 가는 상황이다. 그래도 원두막 나가기 싫
다는 말은 못 하고 할아버지 나오실 때까지는 꼼짝하지 않고 원
두막을 지켜야 한다. 원두막에 있기가 무섭고 지루하면 근처에
장터가 있었는데 5일에 한 번씩 시골장이 서는 날을 제외하고는
평일에는 시골 장터 그대로 한적했다. 점포라고는 유일하게 자전
거포 한군데가 있었는데, 나는 원두막을 지키다가 무섭고 지루하
면, 그대로 원두막을 비우고 곧바로 내려와서 자전거포가 있는
장터로 달려가서 이곳저곳을 기웃대며 돌아보다가 자전거포로
와서 주인아저씨가 자전거 수리하며 펑크 메꾸는 모습을 한참 동
안 구경하다가 다시 돌아서서 원두막으로 갔다.

　왜 그렇게 무섭고 지루한지 원두막 지키는 일이 아주 싫었다.
자전거 펑크 메꾸는 것을 하도 많이 보아서 그런지, 어느 날은 꿈
에 내가 직접 자전거 펑크 메꾸는 꿈을 꾸기도 했다. 할아버지께
서는 참외밭에 작황도 잘 알고 계시기 때문에 어느 밭고랑의 참
외가 얼마나 씨알이 좋고 잘 익었는지 다 알고 계시기 때문에 잘
생기고 크고 좋은 참외는 따 먹지 말아야 한다.
　이 주일에 한두 번 정도 참외 파는 아주머니들이 자기네들이 팔
참외를 받으러 원두막으로 찾아오는데 할아버지께서는 미리 잘
생기고 탐스럽게 잘 익은 참외를 따서 원두막 한쪽 옆에 보기 좋
게 쌓아 놓으셨다가 참외를 받으러 오는 참외 장사 아주머니들에
게 골고루 배분을 해서 참외를 파신다. 기분이 좋으신 날은 크고

모양 좋은 잘 익은 참외를 직접 따 가지고 오셔서 나를 먹게 하시고 집에도 가지고 들어가신다. 참외를 먹을 때에도 잘 익고 좋은 참외는 속을 먹지 말고 골라서 참외 씨를 받아두어야 내년에 참외 심을 때 씨앗으로 쓰인다.

나는 지금도 먹음직스럽게 잘 익은 참외를 보면 그때 그 시절 생각이 난다. 어린 시절이지만 그때 그 추억은 좋은 추억으로 지금도 기억이 생생하다.

할아버지! 그때 그 시절이 그립습니다. 아무쪼록 주님 나라에서 편히 사시고 두고두고 영원히 행복하세요.

뽕나무의 추억

아삭아삭 누에가 뽕잎을 먹는 소리 지금도 들리는 듯 귓전에 선하다. 내가 살고 있는 아파트 창가에서 밖을 내다보면 넓고 푸른 뽕밭이 한눈에 들어온다. 초록 물결 넓은 들판, 탐스럽게 자란 뽕나무들이 숲을 이루고 아름다운 새들이 줄지어 날아와 공중에서 춤추고 노래한다.

나는 초등학교 시절, 시골 할아버지 할머니 댁에서 살면서 학교에 다녔는데, 할머니께서는 집에서 누에를 키우셨기 때문에 내가 학교에서 돌아오면 큰 광주리를 내주시면서 뽕잎을 따오라고 하셨다. 나는 곧바로 할머니가 내주신 큰 광주리를 어깨에 메고 뽕밭으로 달려가면 벌써 다른 아이들이 와서 뽕잎을 따고 있다. 우리는 서로 반가워서 깔깔대고 웃으며 각자 뽕나무에 올라가 주섬주섬 뽕잎을 따면서 까맣게 잘 익은 뽕나무 열매 오디를 따서 한 입 가득 넣고 신나게 먹기 시작한다. 정신없이 한참을 먹다 보면 내 입, 네 입 할 것 없이 얼굴은 온통 먹물을 쏟아부은 듯 시꺼멓게 검정투성이가 되어 누가 누구인지 얼굴을 알아볼 수 없는 서로의 얼굴을 가리키며 우습다고 깔깔대며 웃는다.

그 당시 시골에서는 농사를 지어서 나오는 밭작물 이외에는 아무것도 먹을 것이 없었다. 뽕잎으로 가득한 광주리를 메고 다시 집으로 돌아와 할머니를 드리면 애썼다고 하시면서 바로 누에가 있는 광으로 달려가셔서 내가 따 가지고 온 뽕잎을 한 아름 누에가 있는 바닥에 깔아주신다. 잠자고 있던 누에들이 아삭아삭 뽕잎을 먹기 시작하는데 그 먹는 모습이 너무 귀엽고 아삭아삭 뽕잎 먹는 소리가 지금도 들리는 듯 귀에 선하다. 누에가 다 자라서 집을 짓고 그 속에 들어가 동면을 하면 누에고치가 되는데 할머니께서는 명주실을 뽑기 위해 누에고치를 넣고 물레질을 하신다. 물레가 돌 적마다 누렇게 익은 번데기가 한 마리씩 튀어나오는데 우리 아이들은 그때 나오는 번데기를 먹기 위해 밖으로 나가지도 않고 놀다가도 들어와 할머니 옆에 바싹 붙어 앉아서 할머니가 물레질을 하시면 튀어나오는 번데기를 서로 먹으려고 기다리고 있다가 번데기가 나오면 주섬주섬 입에 넣기 바쁘다.

한참을 먹다 보면 어느새 배도 부르고 기분이 좋다. 그때 먹는 번데기 맛이 그렇게 맛있을 수가 없다. 번데기야말로 최고의 먹거리요 영양식이다. 지금도 그때 그 번데기 맛을 생각하면 군침이 돌고 입맛이 당긴다. 춥고 배고픈 시절, 추억이 담긴 어린 시절을 생각하면 그래도 그때가 그립다.

지금 아이들 그때의 그 맛을 알겠나. 무르익은 오디가 떨어져서 바닥에 여기저기 뒹굴어도 오히려 발로 차거나 밟으면서 장난을 친다. 세상 참 많이 변한 것이 실감이 난다. 모든 것이 풍요롭고 부족함이 없는 세상. 항상 감사하며 기도하는 마음으로 행복하게 살자.

옥수수 이야기

나는 초등학교 시절 농사를 지으시는 시골 할아버지 할머니 댁에서 살면서 학교에 다닌 적이 있다. 소 쟁기질하는 것만 빼고는 거의 안 해본 일이 없을 정도로 열심히 일하면서 익숙하게 시골 생활을 했다.

낮이나 밤이나 일 속에 묻혀 사는 게 시골 생활이다 보니 방학이 돼도 단 하루도 쉴 날이 없을 정도로 바쁘다. 낮에는 밭에 나가 풀도 뽑고 일하면서 간간이 산에 올라가 나무도 한 짐씩 해서 내려온다. 일을 하다 보면 시장기가 빨리 오는데 밥 이외에 먹을 것이라고는 제철이 되어야 열리는 밤, 대추나 그리고 감자 고구마 등 밭작물과 제일 먹기 좋고 맛있고 배부른 옥수수가 있다.

나는 지금도 옥수수만 보면 옛날 그 시절 생각이 난다. 탐스럽게 잘 익은 옥수수를 밥에 쪄서 배가 부를 때까지 실컷 먹고 싶다.

시골에서는 5일에 한 번씩 장이 서는데 할머니께서는 장날만 되면 옥수수를 따오라고 하시면서 그것을 푹 삶아서 우리가 먹기에는 너무 많으니까 우리가 먹을 것만 남겨놓고 나머지는 장에

가서 팔아오라고 하시면서 세 자루씩 꽁꽁 묶어서 나에게 들려주신다. 나는 내가 받은 옥수수 묶음들을 지게에 싣고 곧바로 장터로 나가서 장을 여러 바퀴 돌면서 가지고 온 옥수수를 팔기 시작한다. 사 먹는 사람들은 주로 장터에서 장사하는 포목점 주인이나 옷 가게 신발 가게 주인아저씨나 아주머니들이다.

얼마나 지났을까 옆에서 나를 부르는 소리가 난다.

"얘! 잘 익은 옥수수로 한 묶음 가져와!"

나는 그 말이 떨어지기가 무섭게 곧이곧대로 잘 익고 탐스러운 옥수수를 골라서 가져가면

"어이구 그 녀석 착하기도 하지"

하시면서

"얘! 너도 하나 먹어 봐"

하시면서 내 손을 꼭 잡고 쥐여주신다. 지금 생각해도 그때 그 아저씨가 그렇게 고마울 수가 없다. 거의 장이 끝나갈 무렵 나는 옥수수 다 판 돈을 세어보지도 않고 그대로 할머니를 갖다 드리면

"우리 손주 애썼다"

고 하시면서 오랫동안 나를 꼭 안아 주신다. 나는 아직도 그때의 따뜻한 할머니 체온이 지금도 느껴지는 것 같다.

우리 할아버지 할머니께서는 그 당시 유복한 양반집 가정에서 태어나시어 교육수준도 높으시고 박식하시어 우리 자손들이 많이 배워야 할 훌륭한 분들이셨다.

할머니가 쪄주신 맛있는 옥수수

언제 먹어도 물리지 않고 배부른 옥수수
지금 생각해도 그 시절
그때가 그립다

할아버지!
할머니!
주님 나라에서
편안하시고

영원히 영원히
행복하세요.

-「옥수수」全文

오리알의 추억

나는 고등학교 시절 내가 살고 있는 수원집에서 서울에 있는 학교로 진학해서 마포에 살고 계시는 외삼촌 댁에서 학교에 다니게 되었다.

그래서 토요일이면 학교 수업을 마치고 부랴부랴 서둘러 수원집으로 가기 위해 급히 서울역으로 와서 수원행 기차를 타고 그리웠던 수원집으로 달려가 그동안 보고 싶었던 부모님들을 비롯해 우리 식구들을 만날 수 있었다.

염천교 다리를 지나 얼마쯤 걸어가면 아주머니들이 계란과 오리알을 삶아가지고 길옆 노상에서 팔고 있었다. 나는 출출한 김에 어떻게 그 삶은 알들이 얼마나 먹고 싶은지 침이 꿀떡꿀떡 넘어갔는데 당시에는 계란보다는 오리알이 더 크고 값도 약간 쌌던 것으로 기억을 한다. 그래서 배도 고픈 김에 삶은 오리알을 사서 얼른 입에 넣고 우물우물 씹어먹으면서 학교로 달려가곤 했다. 그때 먹던 삶은 오리알의 맛!

지금 생각해도 잊을 수가 없다. 옛 추억인가 지금도 길을 가다

가도 오리알만 보면 그때 생각이 나서 가던 발길을 멈추고 따끈
따끈한 삶은 오리알을 만져보면서 먹고 싶은 생각에 침이 꿀떡꿀
떡 넘어간다.

그 누가 그때 먹던 오리알의 맛을 알 수 있을까! 먹어도 먹어도
또 먹고 싶은 그때 그 오리알의 맛. 정말 잊을 수가 없는 아름다
운 추억이 아닐 수 없다.

내 마음의 수채화

審美的 省察로 형상화한 抒情的 眞實
- 첫 시집 『내 마음의 수채화』

張 鉉 景
〈시인, 문학평론가〉

1. 글머리에

에게해에 인접한 정열의 나라, 하얀 담장에 피어 있는 꽃, 봄 여름 가을에 피고 베란다 화분에 심은 꽃 속의 꽃, 겨울에도 피어, 지상 어디에나 없는 곳이 없는 정열의 꽃, 부겐빌레아꽃을 그리며 최홍규 시인의 시 세계를 그려본다. 솔뫼 시인은 학창 시절부터 틈틈이 글쓰기를 좋아하였을 뿐만 아니라 젊은 시절에도 문학이 불모지인 환경 속에서도 글 쓰기를 멈추지 않아 오늘날에도 그 흔적을 드러내고 있다.

최홍규 시인은 동국대학교 연극영화과를 졸업하고 연세대학교 경영대학원을 졸업한 후, 고희(古稀) 고갯길을 넘어 문단에 데뷔했다. 첫 시집의 출간이 늦은 감이 없지 않지만, 시 등단에 이어 수필도 등단하여 시인 수필가로 거듭나게 되었다. 이어 시 문학상과 수필 문학상, 공로상 등을 수상하였다. 고향의 추억, 자연에 대한 관찰, 삶의 고찰 등을 작품으로 담아내는 시인은 작가의 내면세계를 직관적 감성으로 쉽고 겸손하게 풀어내는 모습 또한 아름답다. 금혼식을 앞두고 처녀 시집 『내 마음의 수채화』를 발간하게 되어 기쁘기 그지없다.

작가가 나름의 노력으로 하나의 작품집을 갖게 된다는 것은 매우 기쁜 일이다. 대부분 그러하듯이 솔뫼 시인도 이번 시집의 특징을 한마디로 본다면, "절망과 슬픔 그리고 비극과 같은 내용"은 찾아보기가 어렵다. 시인은 생활의 서정을 통해 인생에 대한 관조적 태도를 견지하고 오늘의 현실을 미화시키려는 노력을 시심(詩心)으로 표출해 나가고 있지만, 화자의 원고를 읽으면서 시인의 의식이나 가치관에 대한 투철한 소명 의식과 자부심을 감지할 수 있었다. 오랜 세월 사업 활동을 통하여 인간 존재의 허무와 한을 극복하려는 그의 작품에는 솔뫼만의 독특한 시 세계가 자리 잡고 있어 기쁨을 확인하는 아름다운 인생 행보를 보인다.

2. 삶의 여정(旅程)에서 얻은 시편들

청명한 가을 하늘
잠자리 떼 날고
계곡 넘어 골짜기에
산 꿩이 우네

문 열고 밖을 보니
가슴은 뛰고

학창 시절
옛 추억이 그립다

회상에 잠겨
오늘도
그리움만 쌓이네.

-- 「산촌」全文

솔뫼 시인의 이 시는 그리움을 근거로 출발하고 있다. 이는 삶에서 그리움은 누구에게나 필연적으로 찾아옴을 쉽게 말하고 있다. 따라서 삶은 자연과 한 몸이 되어 생각하고 행동하는 것이다. 나아가 시인은 어린 시절에 대한 체험을 시적 감정으로 잘 표출해내고 있으며 자연을 향한 역동적인 표현을 끌어내는 일에 힘을 더해주고 있음을 본다.

시인은 가끔 시공(時空)을 넘나들며 그 의식과 정서를 드러낸다. 호젓한 산길을 걸으며 새와 꽃과 나비 그리고 토끼와 사슴의 존재와 생명의 의미를 추구하고 그 생명의 소중함을 노래하고 있다. '청명한 가을 하늘/ 잠자리 떼 날고/ 계곡 넘어 골짜기에/ 산꿩이 우네// 문 열고 밖을 보니/ 가슴은 뛰고// 학창 시절/ 옛 추억이 그립다.'에서 시인은 생명 의식에 대한 경외와 삶의 향기를 깨닫게 하여 인간 존재의 존엄성을 그리고 있다.

산마다
울긋불긋
벌써 단풍인가 했더니

한 잎
두 잎
다 떠나버렸네

안타까운
나의 가을

이만큼 돌아서 보니
어느새 세월은 흘러

너와 나의 빈 가슴
그리움만 쌓이네.

-- 「떠나버린 가을」 全文

　　나뭇잎이 산마다 울긋불긋 물드는가 하더니 곧 떨어져 아쉬워
하는 가을의 풍경에서 이별에 대한 여운을 남기며 가슴이 아리도
록 연결하고 있는 시적 흐름이 참으로 아름답다. '어느새 세월은
흘러'에서 나타나는 그리움의 대상은 서로 만남이 불가능한 곳에
있다고 할 수 있다. '너와 나의 빈 가슴'에서 그리움의 치열성이

드러나고 있다. 솔뫼 작가는 어렸을 때 본 고향의 정경들을 그리움의 대상으로 상기하면서 시를 쓰는 이 순간 황혼의 애상에 젖고 있다.

호숫가 넓은 들

아스라이 펼쳐진
갈대밭 금물결

푸른 하늘 뭉게구름
가슴에 안고

바람결에 나부끼며
서로 한 몸 되어
춤추는 갈대

저 무성한 갈대 품에 안기어
나도 한번 신나게 춤추고 싶다

볼수록 다정하고
아름다운 갈대

누가 여자의 마음을
갈대라고 했나!

-- 「갈대」 全文

예전에는 여인을 갈대의 속성에 비유하여 시를 썼다. 즉 여인의 마음을 갈대에 비유하여 '바람에 날리는 갈대와 같이, 항상 변하는 여자의 마음'으로 표현하였다. 그러나 시인은 보는 대로 느끼는 대로 호숫가 넓은 들에 '아스라이 펼쳐진 갈대밭 금물결'처럼 강인하고 아름다우면서 모진 풍상을 다 견디어 내는 여인상으로 오버랩하고 있다. 다시 말해 이리저리 바람 부는 대로 잘 흔들리는 연약하고 줏대 없는 갈대가 아니다. 이렇듯 갈대숲을 바라보는 시인의 개성적인 시선(視線)은 다정하고 아름다운 갈대로 화자에게 새롭게 다가온다.

하늘가 산 아래
정감 있는 시골집 고향 마을
어릴 적 같이 놀던 반가운 친구들

지금은 다 어딜 갔나!
아무리 찾아보아도 보이는 얼굴은 없고
비행기 소리만 요란하게 하늘을 나는데
안타까운 마음 달랠 길 없네

친구야 놀자
우리 다 함께 손잡고
즐겁게 놀아보자!
정다웠던 어릴 적 그 시절 생각하며
즐겁게 놀아보자
이 밤이 다하도록.

　　누구나 추억을 그리며 고향을 바라보는 시적 안목(眼目)은 작가의 심적 상황에 따라 여러 가지로 나타날 수 있다. 솔뫼 시인은 고향에서의 안식 그리고 인생의 정한을 폭넓게 노래하고 있다. 시인은 반백이 지나서 잊고 살던 고향으로 그리움을 안고 달려갔지만, 같이 뛰어놀던 반가운 친구들은 간데없고, 비행기 소리만 요란하게 들린다고 안타까운 마음을 읊고 있다.

　　최홍규 시인의 시는 누구라도 공감할 수 있게 유년 시절에 고향의 빛나는 정경에 대한 추억을 아름답게 구사하고 있다. 유년 시절의 아름다움을 되새기는 시인의 시심은 맑고 순수하여 고향의 잔잔한 파도 소리를 삶의 아름다움으로 표출시키고 있다. 이처럼 최홍규의 시가 포용하고 있는 삶에 대한 깊은 인식의 통찰은 시적 아름다움의 원동력이 되고 있다. 그의 시에서 보이는 시어는 지극히 사실적이다. 생활 주변에서 진솔한 일면을 찾아볼 수 있다. 이제 그의 시가 단순한 서정시를 넘어서서 인생의 깊은 중량감을 느끼게 하고 있다.

　　　　황금물결 춤추는 들길을 따라
　　　　가을 하늘 잠자리 떼 쌍쌍이 날고

　　　　보리밭 고랑마다
　　　　풍년이 넘치네

탐스럽게 익은 보리 이삭이
보기만 해도 배부른 세월

옛날 그 시절 할머니가 해주시던
정성 담긴 가마솥에 푸짐한 보리밥 한 그릇

생각만 해도 배부르고
할머니 생각나네

당신 배는 곯아도 식구들 배는 만삭
너무 황송하고 고맙고 또 죄송스럽다

지금은 하늘나라 먼 곳이지만
할머니 고맙습니다

주님 나라에서
행복하고 편안하게
배부르고 건강하게 사세요

일만 하시고 고생하신
은혜롭고 고마우신 우리 할머니

눈물이 납니다
너무 사랑합니다.

-- 「보리밭」一部

이른 봄 논두렁 밭두렁에 신발을 신은 채 싹도 나지 않은 보리밭 이랑을 꾹꾹 밟으며 지나간다. 주린 창자를 쪼르륵거리게 했던 배고픈 시절의 정경이다. 오천 년의 세월이 길지 않은 듯, 모두가 배고파하는 아픈 세월이었다. 그 시절 절망보다도 더 배고픈 시절 화자의 모습이 문득 떠오른다. 지난 세월 나물죽에 나무 속껍질을 벗겨 먹던 것이 고작일 만큼 어쩔 수 없었던 세월에 달빛의 아련함만 유령처럼 아른거렸다. 배고픈 그 시절에도 행복은 있었다. '보리밭 고랑마다/ 풍년이 넘치네// 탐스럽게 익은 보리 이삭이/ 보기만 해도 배부른 세월// 옛날 그 시절 할머니가 해주시던/ 정성 담긴 가마솥에 푸짐한 보리밥 한 그릇// 생각만 해도 배부르고/ 할머니 생각나네!'

세월은 흐르고 흘러 이제 최홍규 시인에게는 행복을 안겨주는 시와 그림이 있고 마음을 평안하게 해주는 종교가 있다. 그뿐만이 아니라 아내가 있고 사랑스러운 자녀와 손자 손녀가 있다. 나아가 이 시집이 누구의 서가에 꽂혀 노래가 되고 기쁨이 되고 보람이 될 것이다. 세월이 흐를수록 그에게는 '칸텔라의 불빛'이 필요하기도 할 것이고 '무심코 지나던 바람'도 살며시 불러들여 그의 흔적을 쌓아나갈 것이다.

언제 보아도 변함없는 당신은
이 세상에서 둘도 없는
내 영원한 단짝

하늘이 맺어준 천생연분

자나 깨나 앉으나 서나
당신 생각만 하면
너무 행복하고 즐거워

알뜰살뜰 살림도 잘하고
아이들 교육도 누구 못지않게 잘 시키고
항상 겸손하고 후덕해서 남에게
호감을 사고 대인관계도 좋아서
당신을 아는 사람들은 모두 당신을 따르고
존경하지

아이들 교육도 잘하고 뒷바라지를
잘해주어서 한결같이 당신 말이라면
우리 엄마가 최고라고 하지!

-- 「꽃보다 아름다운 당신」 一部

　'하늘이 맺어준 천생연분'은 결혼하여 부부가 된 것. 오륜의 하나인 부부유별(夫婦有別)을 기반으로 일심동체이면서도 가장 멀고 어색한 사이라는 시 귀(詩句)를 읽기도 한다. 열 길 물속은 알아도 한 길 사람 속은 모른다. 평생 살아도 낯선 이가 남편이거나 아내다. 부부란 두 개의 물방울이 모여 한 개가 된다는 의미이다. 부부는 가위다, 두 개의 날이 똑같이 움직여야 가위질이 된다. 부부는 주머니도 하나여야 한다. 부부싸움은 칼로 물 베기다. 부부란

피차의 실수를 한없이 흡수하는 호수다. 부부는 서로 자신에게 잘해주라고 말할 것이 아니라 상대에게 더 잘해주지 못해서 안타까워하는 것이 바로 부부 사랑이다.

나는 고등학교 시절 내가 사는 수원집에서 서울에 있는 학교로 진학해서 마포에 살고 계시는 외삼촌 댁에서 학교에 다니게 되었다. 그래서 토요일이면 학교 수업을 마치고 부랴부랴 서둘러 수원집으로 가기 위해 급히 서울역으로 와서 수원행 기차를 타고 그리웠던 수원집으로 달려가 그동안 보고 싶었던 부모님들을 비롯해 우리 식구들을 만날 수 있었다.

-- 「오리알의 추억」一部 1

지금 생각해도 잊을 수가 없다. 옛 추억인가 지금도 길을 가다가도 오리알만 보면 그때 생각이 나서 가던 발길을 멈추고 따끈따끈한 삶은 오리알을 만져보면서 먹고 싶은 생각에 침이 꿀떡꿀떡 넘어간다. 그 누가 그때 먹던 오리알의 맛을 알 수 있을까! 먹어도 먹어도 또 먹고 싶은 그때 그 오리알의 맛. 정말 잊을 수가 없는 아름다운 추억이 아닐 수 없다.

-- 「오리알의 추억」一部 2

이 수필을 감상해보면 화자가 어두운 내면의 모습을 벗어나 마음의 평화를 찾아가는 과정을 표현하고 있다. 이때 마음의 상태를 자연물에 빗대어 표현하여 구체적으로 형상화해 신선하게 표

현한 점이 이 수필의 특징이다. 화자의 마음은 배가 고파 허기가
진 상태에서 용돈이 부족했는지 약간 큰 삶은 오리알을 게 눈 감
추듯 순식간에 먹어 치운다. 그리하여 어둠에서 하늘을 바라보며
마음의 평화를 찾고 금세 표정이 환해진다.

　수필은 관조(觀照)와 체험의 문학이다. 또한, 신변을 해석하여 인
생의 사유를 유도하고 공감을 얻어내야 한다. 시(詩)나 수필은 한
방울 눈물로 진주를 만드는 작업이다. 수필 문학 최대의 관심사
는 '자기 자신'이다. 문학을 대상으로 가장 큰 주제는 자기 자신
이며 자신의 삶이다. 솔뫼 수필가의 「오리알의 추억」은 서울 외
삼촌 댁에서 학교에 다닌 이야기다. 지극히 평범한 소재이지만,
크게 과장이 없고 학창 시절 많이 먹어도 배가 고픈 시절의 정경
이 그림처럼 그려져 있다. 최홍규 시인이 그린 가족은 평화롭고
따뜻하다. 소재를 다루는 솜씨나, 얘기를 만들어가는 서술이 빼
어나 독자의 시린 가슴을 녹이게 될 것이다.

　3. 맺음말

　솔뫼 수필가는 오래전부터 시작(詩作)을 하면서 틈틈이 수필을
써왔다. 9편의 경수필을 여기에 상재한다. 수필 작품에서는 물빛
그리움이 그대로 배어 나온다. 그 그리움의 대상은 주로 초등학
교 시절 고향에 대한 추억에서 비롯하고 있다. 작가의 가슴 한복
판에는 그림 같은 집들과 논둑길, 과실나무와 꽃들이 있는 마을

정경이 아주 투명하게 심겨 있어 지금도 향긋한 추억이 머문다.

　인생을 미래지향적으로 바라보는 최홍규 작가의 작품들은 그 완성도가 상당히 높은 편이다. 이처럼 시인의 시에서는 이미지의 탄탄함과 직관이 아우러진 부분이 많이 발견된다. 이는 시인의 예술적 기질의 발현이라고도 할 수 있으며, 좋은 시를 더욱더 쓰게 할 수 있는 기본이기도 하다. 최홍규 작품에는 보편적으로 읽기 어려운 시어는 별로 없다. 맹자가 말하되 '사람은 부끄러워하는 마음이 없음을 부끄러워할 줄 안다면 부끄러워할 일이 없느니라.'고 했다. 평생 다작(多作)을 하지 못하더라도, 한 편의 시를 창작하더라도 자신의 실력대로 있는 그대로 창작하고 열심히 몰입하면 반드시 좋은 작품이 탄생 되는 것이다.

　화자가 존재하는 곳에는 자신만이 느끼는 만족과 보편적 행복이 있다. 거기엔 사람에 따라 행복의 개념이 다르고 느끼는 감정이 같을 수가 없다. 솔뫼 시인이 느끼는 일상적 행복은 소박하다. 이 땅에 태어나 글을 가까이함이 선비인데 전통적으로 내려오고 있는 선비의 기개와 시상(詩想)을 담은 가슴으로 문학을 향한 열정을 작품으로 승화시키면서 행복하다고 말하는 최홍규 작가에게 박수를 보낸다. 앞으로도 좋은 향기와 맑은 시 정신을 지니기 위해 끊임없이 정진하는 시인의 열정과 가슴의 영혼에 행복한 미소가 이어지기를 축원합니다.

내 마음의 수채화

초판인쇄 2022년 7월 11일 초판발행 2022년 7월 15일

지은이   최홍규
펴낸이   장현경   펴낸곳   엘리트출판사
등록일   2013년 2월 22일 제2013-10호

서울특별시 광진구 긴고랑로15길 11 (중곡동)
전화 010-5338-7925
E-mail : wedgus@hanmail.net

정가 12,000원

ISBN 979-11-87573-35-7 03810